Die Bürde

Novelle

Fauna von Grün

Impressum
Bibliografische Informationen der Deutschen Nationalbibliothek: Die deutsche Nationalbibliothek verzeichnet diese Publikation in der Deutschen Nationalbibliografie; detaillierte bibliografische Daten sind im Internet über dnb.dnb.de abrufbar.

Verlag: BoD · Books on Demand GmbH,
Überseering 33,
22297 Hamburg,
bod@bod.de
Druck: Libri Plureos GmbH, Friedensallee 273,
22763 Hamburg
ISBN: 978-3-7693-5741-7

Die Bürde

Die Herberge

30. Oktober

Ich spürte jede Stunde der letzten Wochen in meinen Knochen. Die Haut war trocken, die Muskeln müde, der Kopf leer vom Fahren und Suchen. Nun war ich in einem altertümlichen Gasthof in Ostwestfalen-Lippe angekommen. Das baufällige Gemäuer wirkte, als hätte es schon seit Jahrhunderten auf mich gewartet. Schäbiger, schadhafter, gelber Putz schützte das dahinterliegende brüchige Mauerwerk nur noch unzulänglich vor den Angriffen des Wetters. Verrottende Fensterläden in verblichenem Grün hingen kläglich in rostigen Angeln. Der Giebel des ungastlichen Hauses sprang aus der Fassade hervor und hing wie eine düstere Kapuze über der zerfallenden Hausfront.

Kaum hatte ich die abgenutzte Eingangstür unter dem verwitterten Schild „Zum Sachsenkreuz“ erreicht, durchnässt nach nur wenigen Schritten im strömenden Regen, da öffnete sich die Pforte zur erhofften Wärme und Trockenheit in heller Gaststube wie durch Geisterhand. Eine Lampe unterhalb des Giebels, die ich zuvor nicht bemerkt hatte, beleuchtete schwach eine kleine gebeugte Gestalt im Türrahmen. Sie warf einen zitternden

Schatten auf das verregnete Pflaster vor dem Eingang.

Ich trat zögernd ein, nannte meinen Namen und fragte hoffnungsvoll nach einem Zimmer. Die alte Frau nickte wortlos, winkte mich ruppig herein und schlurfte mühsam hinter einen mächtigen, hohen Empfangstresen. An einem hölzernen Nummernbrett hingen einige wenige Schlüssel.

„Bin ich hier der einzige Gast?“, meldete eine misstrauische Stimme irgendwo in meinem Kopf Bedenken an. „Schlaf, Wärme, ein weiches Bett“, beschworen mich die Wächter meines erschöpften Körpers und ließen mich schnell nach dem dargebotenen Schlüssel mit der Nummer 3 greifen.

Müde und ergeben folgte ich der wortkargen Wirtin über ausgetretene hölzerne Stufen hinauf in den ersten Stock. Vor der Tür mit der Nummer 3 blieb sie unvermittelt stehen. Der Flur war nur spärlich von zwei funzeligen Deckenleuchten erhellt. Die Alte trat näher an mich heran, ihre farblosen Augen glitzerten tief in den Höhlen: „Wolf“, raunte sie, „nimmermehr kehrt er zurück, haben sie gesagt, nimmermehr…“ Ihre Stimme klang hohl und kratzig, als wäre sie lange in einem Grab verschlossen gewesen und nun endlich wieder befreit. Triumphierend warf sie den Kopf mit den langen, dünnen, grauen Haaren zurück: „Wer‘s glaubt…“ Erschrocken wich ich zurück und entgegnete entsetzt: „Gute Frau, wovon reden Sie…?“

Kopfschüttelnd starrte sie mich an: „Waldemar Wolf, so war doch Ihr Name?“
Ich nickte wortlos.
„Unwissender,“ durchbrach ihre Stimme erneut das Schweigen des Hauses.
Sie sind alle noch hier. Nichts auf der Welt ist für immer fort. Alles ist noch da – es ändert sich nur die Gestalt.“
Ich hatte nun genug von dem seltsamen Gebaren dieser eigentümlichen Wirtin und wollte nur noch essen und schlafen. Die Lust auf einen Besuch in der Gaststube war mir vergangen. Ungeduldig erwiderte ich deshalb: „Ich bitte Sie, bringen Sie mir ein warmes Essen herauf und dann wünsche ich gute Nacht“.
Die Alte blickte mich mitleidig an.
Endlich allein, sah ich mich nachdenklich um. Die Wände waren von zahllosen menschlichen Berührungen speckig geworden und von undefinierbarer brauner Farbe. Resigniert ließ ich mich auf das schmale Bett fallen, das mit einem beunruhigenden Ächzen und Knarzen antwortete. Die dicke Daunendecke bauschte sich hoch um mich herum auf. Unentwegt schwirrten die Erlebnisse des Tages hektisch wie Fledermäuse durch meine Gedanken. Alles kam mir wie ein seltsamer Traum vor. Die Fahrt durch das bedrückende, nebelige und nasse Grau des Herbstes. Dieses Gasthaus mit seiner Wirtin, die einem schlechten Film entsprungen

schien. Erbarmungslos kroch mir die Kälte unter die Haut und ließ mich frösteln. Während ich noch versuchte meine Gedanken zu sortieren, entwickelte sich der Wind draußen zu einem veritablen Sturm.

Die verwitterten Fensterläden klapperten bei jeder Sturmböe unruhig und rangen mühsam mit den rostigen Haken. Ein ohrenbetäubender Knall ließ mich alarmiert aufspringen. Und schon folgte ein weiterer Knall. Hektisch sah ich mich um. Nun drang auch das Heulen des Sturms zurück in mein Bewusstsein. Dann wusste ich, was passiert war. Ein Blick zum Fenster genügte.

Einer der morschen Fensterläden hatte sich aus der rostigen Verriegelung befreit und knallte nun bei jeder heftigen Sturmböe gegen die Außenwand. Erleichterung breitete sich in mir aus. Wenn es nur das war…

Die Scheiben erbebten. Mit Mühe gelang es mir, den schweren Hebel zu lösen und kaum geöffnet, schlugen mir die Fensterflügel vom Sturm gepeinigt entgegen. Mit Macht überfiel mich die entfesselte Natur. Panik stieg in mir auf. Nur mit größter Anstrengung stemmte ich mich gegen den Widerstand des Windes, bekam den hin und her schlagenden Fensterladen zu packen, drückte ihn gegen die Wand und versuchte ihn wieder am Haken zu befestigen.

In diesem Moment brach ein Ast der mächtigen

Esche vor dem Gasthof. Im Fallen von einem besonders stürmischen Wirbel gegen das Wirtshaus gedrückt, streifte mich der Ast an der Stirn. Der plötzliche Schmerz ließ mich zurückfahren. Blut rann über mein Gesicht und ich tastete entsetzt an meine Stirn.

Der aus meinem Griff befreite Fensterladen wurde sofort wieder vom Sturm erfasst und knallte nun auch noch gegen die geöffneten Fensterflügel, so dass die Glasscheiben zu zerbersten drohten. Wut und Verzweiflung mischten sich in meine Furcht. Da krächzte es hinter mir: „Schlimmer als Odins wilde Jagd."

Die greise Wirtin stand da, mit einem Tablett. Darauf ein Teller voll dampfender Kartoffeln, Fleisch und Gemüse sowie eine große Flasche Bier. Hysterisches Gelächter stieg in mir auf. Welch ein surreales und unwirkliches Bild. Eine merkwürdige alte Frau, ein blutender, aufgelöster, vom Leben gezeichneter Mann, in einer sturmgebeutelten baufälligen Herberge. Befanden wir uns noch in dieser Welt?

Während ich um Fassung rang, hatte die Alte das Tablett bereits auf dem Tisch abgestellt und eilte in überraschender Schnelligkeit zum Fenster.

„Alles in Aufruhr", schimpfte sie und hatte den Fensterladen schon mit erstaunlicher Kraft gepackt. Einige Augenblicke später war der Laden fest, das Fenster geschlossen und der Sturm ausgesperrt, ohne dass ich hätte sagen können, wie sie das so schnell geschafft hatte. „Sie kennt sich aus, mit ihrem alten Gemäuer“, dachte ich und brachte hervor: „Vielen Dank für Ihre Hilfe!“

Die Wirtin nickte nur, doch bevor sie sich umdrehte, verharrte sie einen Moment.

„Bald schon wirst du verstehen“, murmelte sie kaum hörbar.

Ich runzelte die Stirn. „Verstehen? Was soll ich verstehen?“

Ihre Augen blitzten auf, ein seltsames Licht darin. „Was du längst bist.“

Dann schob sie sich wortlos aus der Tür und ließ mich mit dem heißen Teller, dem kalten Sturm und meinen brennenden Fragen allein.

An Schlaf war vorerst nicht zu denken. Der blinde Spiegel über dem lädierten Waschbecken an der Wand, zeigte mich wie ich war. Körperlich und seelisch versehrt. Ein Fremder im eigenen Gesicht. Notdürftig versorgte ich die Blessur und widmete mich dann zögernd meinem beinah erkalteten Essen, das wider Erwarten köstlich schmeckte. Schluck für Schluck beruhigte das Detmolder Landbier meine Nerven und entfaltete nach und nach eine einschläfernde Wirkung. Das scheußliche Wetter draußen ließ mein Zimmer nun beinahe gemütlich wirken. Trotz aller Zweifel, hier unbesorgt schlafen zu können, übermannte mich schließlich die Müdigkeit.

Enger
31. Oktober
Am nächsten Morgen hatte der Sturm nachgelassen. Trübes Morgenlicht drang schwach durch die schmutzigen Scheiben der Fenster in mein Zimmer. Bei Tageslicht sah das Zimmer noch verfallener aus als am Abend. Ich fühlte mich ausgelaugt von diesem Haus und beschloss, auf das Frühstück im „Sachsenkreuz" zu verzichten, obgleich das Abendessen wirklich sehr gut gewesen war. Wahrscheinlich gab es auch kein Frühstück.
Der Tagesrucksack war schnell gepackt, vorsichtig huschte ich durch die Tür in den unbeleuchteten Flur. Das leise Einschnappen des Schlosses ließ mich zusammenzucken.
Doch von der Wirtin keine Spur. Auf leisen Sohlen schlich ich die Treppe hinunter, bis zur Eingangstür. Ich griff nach der Klinke und in diesem Moment, lautlos, wie die Eulen in der Nacht, erschien die verfluchte Wirtin, wie am Abend zuvor, hinter ihrem Eingangstresen. Wie war sie dorthin gekommen? Ich hätte schwören können, dass sie bis zu diesem Augenblick nicht in der Nähe gewesen war. Ihre knarzende Stimme erklang fragend aus dem Zwielicht: „Bevor die Nacht hereinbricht, sollten Sie wieder zurück sein. In dieser Nacht ist es nicht gut, unterwegs zu sein. Allzu schnell ist die Grenze zur anderen Welt überschritten."

Ich schüttelte den Kopf. Was für eine unangenehme, verrückte Alte, dachte ich. Doch ich antwortete höflich: „Ja, danke, ich werde am Abend wieder zurück sein."
Ich wusste selbst nicht warum, doch ich fügte hinzu: „Ich werde nur bis Enger fahren, ins Museum."
Ihre Augen begannen förmlich im dämmrigen Licht zu leuchten. Aber vielleicht lag es nur am Aufreißen der Wolken, wodurch ein wenig mehr Licht in die Tiefen des Zimmers hereindrang.
„Zum Sachsenherzog, zum Herrn des Waldes führt der Weg…ein Krieger und ein Herzog, so, so..."
Ohne irgendeine weitere Erklärung kehrte sie mir schroff den Rücken und verschwand.
Kopfschüttelnd verließ ich das „Sachsenkreuz", froh, dieser seltsamen Person entkommen zu sein. Im letzten Augenblick griff ich nach einer alten Öllampe in einer dunklen Ecke neben der Eingangstür. Vorher war mir diese Lampe gar nicht aufgefallen. Ich wusste auch nicht genau, warum ich sie mitnahm, folgte einfach einem unerklärlichen Gefühl. Im Auto notierte ich noch schnell die Adresse meiner Herberge, damit ich sie nicht vergessen konnte, und legte den Zettel auf den Beifahrersitz.
Als ich an einem Imbiss vorbeikam, der sich „Cheruskergrill" nannte, gönnte ich mir dort ein frühes Mittagessen. Vom Fenster aus sah ich auf das

Herrmanndenkmal. Das riesige Schwert des Cheruskerfürsten ragte mahnend in den grauen Herbsthimmel. Es beunruhigte mich. Deshalb fuhr ich bald weiter.

In Enger fand ich das Widukindmuseum direkt neben einer kleinen Kirche mitten im Ort. Dreißig Jahre – düster, unendlich und voller Grausamkeit – hatte Widukind im Kampf gegen Karl und das Christentum verbracht. War das schon weit über tausend Jahre her?

Als wäre es ein Teil von mir, so nah und vertraut erschien mir alles. Schnell legte ich das kurze Stück zwischen Museum und Kirche zurück. Der kalte Herbstwind wirbelte trockenes Laub auf und fegte es über den Kirchhof. Mit dem nächsten Windstoß passierte ich die Kirchenpforte und fand mich in einsamer Stille wieder. Niemand außer mir befand sich an diesem Ort – jedenfalls kein lebendes Wesen.

Die Grabplatte auf dem Widukind zugeschriebenen Sarkophag zeigte einen großen Mann im Herrschergewand. Wo hatte ich diesen leicht gebogenen Mittelfinger der rechten Hand schon einmal gesehen? Ein seltsames Gefühl stieg in mir auf. Ein Erkennen, aber was erkannte ich? Dann war der Moment auch schon vorbei.

Ich beschloss, mich noch einen Augenblick auf einer der Kirchenbänke zu setzen und die Stimmung in der Kirche auf mich wirken zu lassen. Erst nach einer Weile fiel mir das kleine Büchlein am Ende der Kirchenbank auf. War es ein Gesangbuch, hatte es jemand vergessen?

Neugierig stand ich auf und griff nach dem abgegriffenen Band. Der Name des Autors war nicht mehr zu entziffern, vom Titel waren ein paar Buchstaben geblieben: …mentargei…..

Ich schlug das Büchlein auf und begann zu lesen:

„Wie man behauptet, giebt es greise Menschen in Westphalen, die noch immer wissen wo die alten Götterbilder verborgen liegen; auf ihrem Sterbebette sagen sie es dem jüngsten Enkel, und der trägt dann das theure Geheimniß in dem verschwiegenen Sachsenherz.

In Westphalen, dem ehemaligen Sachsen, ist nicht alles todt was begraben ist. Wenn man dort durch die alten Eichenhaine wandelt, hört man noch die Stimmen der Vorzeit, (…). Das war ein schwarzer Tag für Sachsenland, als Wittekind, sein tapferer Herzog, von Kaiser Karl geschlagen wurde, bey Engter.

»Als er flüchtend gen Ellerbruch zog, und nun alles, mit Weib und Kind, an den Furth kam und sich drängte, mochte eine alte Frau nicht weiter gehen. Weil sie aber dem Feinde nicht lebendig in die Hände fallen sollte, so wurde sie von den Sachsen lebendig in einen Sandhügel bey Bellmans-Kamp begraben; dabey sprachen sie: krup under, krup under, de Welt is di gram, du kannst dem Gerappel

nich mer folgen.«
Man sagt, daß die alte Frau noch lebt. Nicht alles ist todt in Westphalen, was begraben ist“.

Entsetzt schlug ich das Heftchen an dieser Stelle zusammen.

„Sie sind alle noch hier. Nichts auf der Welt ist für immer fort. Alles ist noch da – es ändert sich nur die Gestalt.“

Wie aus dem Nichts waren diese Worte in meinem Kopf aufgetaucht und das Bild der unheimlichen alten Wirtin stand mir vor Augen. Die Schatten von Enger lasteten auf meinem Herzen und machte mich noch schwermütiger. Ich sehnte mich nach Licht, nach Leben.

So beschloss ich, den Rest des Tages in Detmold zu verbringen – unter normalen Leuten. Ein letzter Gruß des Widukind erreichte mich beim Verlassen des Kreises Herford. Der schwarze Hengst des Widukind, wie im Sprung auf das Wappen dieses Landstriches gebannt, schien mir noch lange Zeit im Rückspiegel hinterherzulaufen.

Detmold

31. Oktober

In Detmold erwartete mich nach wie vor ein höchst unfreundliches Wetter. Zu Wind und Kälte waren merkwürdige Wintergewitter hinzugekommen, die Lippe scheinbar umkreisten.

Ich verbrachte ein paar erholsame Stunden in warmen und freundlichen Cafes. Am Abend wurde es draußen ruhiger und ich fasste einen Entschluss: ich würde noch die Externsteine besuchen. Vielleicht war ich einfach jemand, der immer irgendwohin musste, ohne zu wissen warum.

Zum Glück hatte ich die alte Öllampe aus dem „Sachsenkreuz" mitgenommen. Nun wusste ich, wozu ich sie brauchte. Regen und Sturm wichen einer klirrenden Kälte und zogen langsam mit Blitz und Donner ab. Der Wald stand still und finster wie unter einer Glasglocke. Immer wieder zuckten weit entfernte Blitze durch die Finsternis und erhellten für Sekunden die Szene. Eine seltsame, eisige Ruhe nach dem Sturm lag wie ein unsichtbarer Schleier über allem. Die Flamme der alten Öllampe flackerte unruhig und warf ein zitterndes gelbes Licht auf den Weg. Ich hielt sie eine Armeslänge von mir entfernt und tappte vorsichtig weiter. Äste, Blätter, Steinchen und Bucheckern glänzten im Schein der Lampe und verschwanden einen Schritt später wieder unsichtbar im Dunkeln. Nur das Knirschen meiner Schuhe auf dem steinigen Waldweg, und das ferne Grollen des abziehenden Gewitters durchbrachen das Schweigen des Waldes. Kein Tier schien seinen sicheren Unterschlupf zu verlassen. Ich fühlte mich jenseits der normalen Welt, einsam und allein unterwegs zwischen den Zeiten. In mir machte sich eine beängstigende Leere breit. Plötzlich erfasste das gelbe Licht meiner Laterne einen Ast, der, einem zitternden, unnatürlich langen Zeigefinger gleich, in Richtung der Externsteine wies. Ich zuckte erschrocken, und aus meinen Gedanken gerissen, zusammen. Ein eiskalter Schauer rieselte meine Wirbelsäule hinunter und ließ mich fröstelnd in einen fluchtartigen Trab verfallen. Öffnete sich dort hinten nicht in der Tiefe der undurchdringlichen Schwärze der Wald und gab den Blick auf die bizarren Steine frei? Wieder und wieder erwartete ich hoffnungsvoll diesen Anblick und ein ums andere Mal fand ich nur neuerliche Schwärze und Bäume. Irgendwo in der Ferne grollten die letzten Donner des Gewitters – oder war es nur noch ein unwirkliches Echo in meinem Kopf? Eine Sinnestäuschung, aus der endlosen Finsternis des Waldes geboren. Hatte ich mich verirrt? War ich durch die Schleier der gespenstischen Nacht in die Anderswelt geraten? Nein, meine Sinne waren einfach nur geschärft, durch die Dunkelheit, die Kälte. Die Nässe tropfte von den kahlen Bäumen und jeder Tropfen verursachte ein deutlich vernehmbares

Geräusch. Durch die monotone Symphonie der Regentropfen meinte ich, kaum wahrnehmbar dahinter verborgen, das Wiehern eines Pferdes zu hören. Ich lauschte angestrengt in die Nacht und versuchte zu ergründen, was ich nicht sehen konnte.

Dann plötzlich tauchten die Steine aus dem Wald auf. Der Sturm hatte die Wolken vom Himmel gefegt und einem silbern leuchtenden Vollmond Platz gemacht, der sie in ein unwirkliches, metallisches Licht tauchte. Eine beinahe unnatürliche Stille breitete sich aus. Die Ruhe nach dem Sturm war so tief, dass eine fallende Stecknadel den Wald aufgeschreckt hätte. Ich verharrte regungslos. Nach einer Weile setzte ich meinen Weg fort, Schritt für Schritt, wie magisch angezogen von etwas, das ich nicht erklären konnte. Endlich stand ich vor dem Kreuzabnahmerelief, die Figuren warfen im Mondlicht lange Schatten.

Und dann erstarrte ich atemlos in der Bewegung, gebannt von etwas, das meine Vorstellungskraft überstieg. Das Relief – der Drachenkopf des reptilienähnlichen Wesens, das die beiden Figuren im unteren Teil umschlang, begann von innen heraus zu leuchten. Wie von einer Glühlampe langsam erhellt, leuchtete das Wesen immer heller und heller in einem seltsamen Licht. Die Helligkeit floss vom Kopf in den Körper, schlängelte sich um die beiden menschlichen Gestalten, begann auch diese mit lebendigem Schimmer zu erfüllen und endlich, mir kam es wie eine Ewigkeit vor, lösten sich Drache, Mann und Frau aus der Felsenwand. Ich drückte mich zitternd gegen die Felsbrocken in meinem Rücken und hielt die Hand vor den Mund, um meine entsetzten Schreie zu ersticken. In mir hätte ebenfalls Schrecken aufkommen müssen, aber ich spürte zu meinem Erstaunen nur einen unwiderstehlichen Sog und etwas wie Freude. Fasziniert starrte ich auf das Relief.

Die Kreuzabnahmeszene blieb still und tot, dunkel und kalt am Felsen verhaftet. Aber darunter, aus dem unteren Relief, erhob sich eine Frau aus dem Kniefall. Sie trug ein helles, altertümliches Gewand, ihr Haar schimmerte im Mondlicht, ich konnte die Farbe nicht erkennen. Ihr gegenüber stand ein Mann von großer Statur. Er trug eine Kleidung, die mich an die Uniformen sächsischer Krieger erinnerte. Der Drache lag, seinen Schlangenleib wie eine Katze zusammengerollt, in einigem Abstand zu dem Paar und beobachtete mich mit glühenden Augen. Träumte ich? War ich wahnsinnig geworden? War das Realität? Ich wusste es nicht mehr. Sah vielleicht nur ich diese unheimlichen Vorgänge? Ich war allein.

„Nichts auf der Welt ist für immer fort. Alles ist noch da – es ändert sich nur die Gestalt“, hallte die Stimme meiner alten Wirtin irgendwo in meinem Kopf. Und in diesem Moment zerbrachen die Schranken der Welten, der Sog in mir verstärkte sich, weder Geist noch Körper waren imstande, sich dagegen zu wehren, und ich wurde von einer unwiderstehlichen Macht gezogen. Das Relief verschlang mich. Jede Zelle meines Körpers verschmolz mit der schimmernden Silhouette der Erscheinung. Der Drache entrollte seinen Körper und umschlang mich wie damals, im steinernen Relief.

Und dann kamen die Bilder. Sie überfielen mich wie wirre Träume, Fieberfantasien. Ich war Widukind, kämpfte gegen Karl. Stand knietief im Blut. Sah die Irminsul fallen. Meine Frau, sie weinte. Sie nahmen mir mein Pferd, einen großen schwarzen Hengst. Wasser rann über mein Gesicht, ich wollte das nicht. Jemand hielt mir ein Kreuz vor das Gesicht und ich träumte von Wäldern.

Zwischendurch schien ich zu erwachen. „Sie sind alle noch hier...", da war sie wieder, hallte erneut durch meinen Kopf, die Stimme der greisen Wirtin. Wer war ich? Die Göttin umschlang mich oder war es die Schlange. Ich verlor das Bewusstsein und glitt endlich hinüber in die andere Welt. Dort warteten sie schon so lange auf mich. Ich war zu Hause!

Die Jahrhunderte der rastlosen Suche waren vorbei.

Detmold

01. November

Am Morgen des 1. November lag grauer Nebel über den Externsteinen. Die Sonne ging nicht auf. Gegen Mittag erschienen erste Touristen. Sie blickten müde und uninteressiert auf das Kreuzabnahmerelief. Wie von jeher, trotzten die Figuren auf der Felswand der Witterung und den Menschen. Christus und die versteinerte Trauergemeinde.

Darunter, kaum noch zu erkennen und stark verwittert, ein Mann und eine Frau, eng umschlungen von einem schlangenähnlichen Wesen mit Drachenkopf. Man sagt, es handele sich hierbei um ein sächsisches Paar. Gefangen in ihrer heidnischen Welt. Umschlugen von der Schlange, der biblischen Verführerin. Darüber das Kreuzabnahmerelief, Jesus der Erlöser, der Sieger über die Sünde, die Schlange und die Heiden.

Auf dem Parkplatz am Hotel Bärenstein stand schon seit der Nacht ein Auto. Von seinem Besitzer weit und breit keine Spur.

Ein paar Tage später öffnete die Polizei das Auto. Man suchte Waldemar Wolf. In seinem Wagen fand sich ein Stück Papier, darauf stand in markanter Handschrift ein Gedicht geschrieben:

Die Bürde
Ich trag an der Bürde des Kreuzes so schwer,
seit Jahrhunderten schon ist meine Seele leer.
Ein Geist unter Geistern,
so streif ich umher.
Die Götter sie fragen: „Wo ist denn dein Heer?“
Und dann muss ich sagen: „Das gibt es nicht mehr!“
Zu stark war‘ n die Kräfte der christlichen Wehr,
geblieben ist nur aus Tränen ein Meer.
Nehmt von mir die Bürde,
so bitte ich sehr,
die Götter sie höhnen nur
 - nimmermehr.

Die Beamten waren ratlos. Als sie sich den Zettel von der anderen Seite betrachteten, fiel ihnen eine Notiz ins Auge:
Hotel „Zum Sachsenkreuz“, Kirchweg 785.
Das half ihnen nicht weiter.

Es gab nirgendwo ein Hotel „Zum Sachsenkreuz“.

Nachbemerkung

In alten Überlieferungen Westfalens heißt es, nichts sei je ganz verschwunden. Der Name Wolf wird Widukind zugeschrieben – dem sagenhaften Herzog der Sachsen. Die Irminsul, Weltesche Yggdrasil, das Symbol alten Glaubens, stürzte unter dem Ansturm Karls des Großen. Und doch, so erzählen die Geschichten, blieben die Geister der alten Zeit verborgen – in Steinen, Wäldern und Herzen.

Anmerkungen

Dieses Werk schöpft seine Inspiration aus alten Überlieferungen, Mythen und historischen Ereignissen Westfalens. Die folgenden Motive und Figuren finden im Text eine literarische Verarbeitung:

- **Widukind**, der legendäre Herzog der Sachsen, dessen Name sinnbildlich „Wolf" bedeutet und der als Kind des Waldes galt.
- Die **Irminsul**, das heilige Weltsymbol der Sachsen, später in der nordischen Mythologie als Weltesche **Yggdrasil** überliefert.
- **Odins wilde Jagd**, der stürmische Geisterzug alter Zeiten, besonders in den Rauhnächten sichtbar.
- Die Legenden um **Samhain**, in deren Nächten die Grenze zwischen den Welten als durchlässig galt.
- Das **Kreuzabnahmerelief der Externsteine**, wo christliche und heidnische Symbole aufeinandertreffen.
- Das Bild des **schwarzen Hengstes**, Widukinds treuem Pferd, das noch heute das Wappen Westfalens ziert.
- Anklänge an Heinrich Heines **„Elementargeister"**, die die Mythen und alten

Götter lebendig bewahren. Im Text wird aus dem Werk zitiert.

- Die **Zahl 3** wird oft mit Wandlung, Initation und Reife verbunden und als Zahl der Götter gedeutet.

Die historische Wahrheit tritt dabei in den Hintergrund, zugunsten einer dichterischen Reise durch Erinnerung und innere Welten.

Eigene Gedanken oder Notizen:

Touristische Orte – Meine Besuche

www.ingramcontent.com/pod-product-compliance
Lightning Source LLC
LaVergne TN
LVHW042241190726
843491LV00003BA/1173

* 9 7 8 3 7 6 9 3 5 7 4 1 7 *